Allegoria Allegria

**+++Verschlüsselte
Geschichten+++
+++Nachrichtensender+++**

+++encrypted stories+++ news channel+++

Marion Wolters

Für meine Mutter
For my mother

Kapitel 1

Ein Wasserglas steht auf einer gläsernen Plattform, auf der zwei ambitionierte Artikelastronauten wortakrobatisch balancieren: Allegoria Allegria, ein Gleichnis für Heiterkeit. Nicht eine Silbe fällt in das saubere und bis auf den Grund durchscheinende Wasser.

Der Traum des Wasserglases weitet sich zwischen zwei Zwetschgengläserträumen aus, die sich voneinander entfernen, nachdem sie sich geliebt haben. Er bildet einen stabilen Raum, in dem sich der Wunsch nach Konservierung des Geschehenen wundert. Warum findet er keine Sprachform, in die er seinen Gedankenteig wie in eine gläserne Brotform gießen kann? Was wäre, wenn sich Gedanken von selbst gläsern manifestierten?

Glas ist kein Gold, das gerne glänzt
Glas ist Transparenz, die abgrenzt.
Glas ist es, das den Raum erhellt
Glas, das ist Weite, die Nähe enthält.

„Welche Geschichten winden sich lechzend nach körperlicher Vereinigung auf der Nordstraße zur Milchstraße?" Nüchtern betrachtet war dies nur ein Satz, den Ariana zu einem späteren Zeitpunkt anders strukturieren wollte. Er war Teil des Gedankenexperimentes, das sie während ihrer Geburt innerhalb von 2 Stunden gemacht hatte. Sie zieht

Matthieus rosafarbenes Hemd aus und artikuliert ein langgezogenes ‚A'.

‚A'nah, eine indische Tänzerin mit metallisch blauem Lidstrich räkelt sich im Schatten eines Aligators, der im Schaufensterteich liegt. Eindeutig uneins mit dem geschäftigen Treiben von Canary Wharf. Sie liebt die Finanzmärkte, sie liebt einen Broker, einen ehemaligen Analysten. Beide in der gleichen Intensität. Sie füllen ihren Verstand ständig mit neuen Analysen und leeren ihn kurze Zeit später, um ihn mit korrigierten Prognosen in neue Denkprozesse gleiten zu lassen. A'nah bleibt gelassen.

Gelassen macht sich A'nah auf den Weg zu Ariana, die sie über ihre Freundin Meriam bei einem Event kennengelernt hatte. Ariana hatte sie angerufen, weil sie ihr ihre neue Erfindung vorstellen wollte. Sie treffen sich in einem Café in der Thredneedle Street in London.

„Das ist sie!" sagt Ariana stolz, „die Verwirklichung meiner neuesten Ideen." Sie packt einen tellerhandgroßen gläsernen Ölkäfer aus, der mit schwarzen Drähten durchsetzt sind. „Was ist das?", fragt A'nah.

„Der Ölkäfer wandelt Gedanken sozusagen im Flug in Materie um. Mittels bestimmter Gedankenanflüge werden die Gedanken in Glas umgesetzt" „Faszinierend", sagt A'nah. Sonnenstrahlen legen sich auf das Glas.

Emotionale und analytische Gedanken verschmelzen.

Chapter 1

A water glass stands on a glassy platform, on which two ambitious article acrobats are balancing words in an acrobatically way. Allegoria Allegria: an allegory for cheerfulness. Not even one syllable falls into the clean water that is transparent down to the bottom.

The dream of a water glass expands between two plum glass dreams which depart after they made love. It builds a stabile room in which the wish for conservation wonders why he does not find a speech-form in which he can pour his thought pastry in like in a glassy bread form? What would happen if thoughts would manifest themselves crystalline?

Glass is no gold that likes to shine
Glass is transparency that defines
Glass gives light to every facility
Glass is distantness which contains proximity

'Which stories are longing for sexual union while they are winding from the North Street to the Milky Way?' Seen in a sober light this was only a sentence which Ariana intended to structure differently at a later point in time. It was part of the thought experiment she made during her birth within two hours. She takes off Matthieu's pink shirt and articulates a long drawn-out 'A'.

A'nah, an Indian dancer with metallic blue eyelid line stretches in the shadow of an alligator that lies in a pond behind a shop window. Obviously in contrast to Canary Wharf's busy hustle. She loves the financial markets, she loves a broker, a former analyst. Both in the same intensity. They are constantly filling her brain with new analyses and empty them shortly afterwards, just to fill it again and sliding into new thinking processes with adjusted forecasts. A'nah remains relaxed.

Relaxed. A'nah is on her way to Ariana, who she got to know at an event with her girlfriend Meriam. Ariana has called her as she wants to present her new invention to her. They meet in a café in the Thredneedle Street in London.

'That's it!' Ariana proudly presents. 'This is the realization of my latest ideas'. She unpacks a glassy oil beetle which is as big as her palm. It is interspersed with black wires. 'What is it?' A'nah asks her.

'The oil beetle transforms thoughts into glass quasi in the fly'. Via special thought flights thoughts are transformed into glass. 'Fascinating', says A'nah. Sun rays lie down on the glass.

Emotional and analytical thoughts melt.

Kapitel 2

Erhalten bleiben Gedankenblasen aus Freude und Inspiration in der Luft, nachdem der Orchideenregen vorbei ist. Sie zerplatzen langsam. Eine enthusiastische Atmosphäre voller orgiastischer Ideen liegt in der Luft.

Binetta sieht den Ideenorgien auf dem gegenüber liegenden Glasbalkon zu. Sie sitzt an ihrem Schreibtisch in einer Glaswelt voller negativer Emotionen, dessen trüben Glanz sie polieren soll. Kein einfacher Auftrag, den sie erhalten hat. Verzweiflung fliegt sie an, während sie einen schwarzen Seetangsalat isst.

Fehlerhafte Zahlenanalysen, Restrukturierungen innerhalb der Abteilung, Entlassungen, hohe Arbeitsbelastung, demotivierte Mitarbeiter, Verunsicherung. Eine Erkältungswelle liegt wie eine Allegorie über der ganzen Abteilung.

„Weg!" Binetta versucht, die nächste schwere Wolke wegzupusten. „So viel Arbeit", spricht die Verzweiflung. „Wir werden Dich müde machen und zermürben. Wir sind Schwergewichtler und wir sind viele." „Glasleicht, unerreicht". Das ist ein Glascode, der die Lebensrealität einer anderen Sprache antizipiert und viele Bedeutungen hat. Die unbekümmerte Lebensart mancher Länder zu suggerieren ist eine. „Wie geht es weiter? Heiter!" Die nächste schwarze Wolke, die sie einzuhüllen droht, bekommt eine um eine Nuance hellere Farbe. „Es ist nicht

nur viel, es ist sehr viel Arbeit und es ist zu schaffen", sagt
Binetta zur Verzweiflung. Ihr Arbeitstag ist zu Ende, die
Arbeit geht weiter.

Der Frühling ist noch nicht da, der Winter mit Bildern von
Abrissbirnen liegt noch in der Luft. Doch trotz der noch
nicht ganz vergangenen Kälte ist die Frühlingssonne schon
so warm, dass sie positiv stimmt.

A'nah ist im Begriff sich zu verlieben. Eine 20° Liebe.
Angenehm, pflegeleicht und risikoarm. Gefühle, die so
transparent sind wie Glas.

Glas ist kein Gold, das gerne glänzt
Glas ist Transparenz, die abgrenzt.
Glas ist es, das den Raum erhellt
Glas, das ist Weite, die Nähe enthält.

Chapter 2

Thought bubbles of joy and inspiration remain in the sky
after the orchids' rain is over. They are slowly bursting. An
enthusiastic atmosphere full of orgiastic ideas fills the air.

Binetta watches the idea orgies from her glass balcony
which is opposite. She sits at her desk in a glass world full
of negative emotions whose dim shine she should polish.
No easy customer order that she has rewarded. Despair
comes into her mind while she is eating a black seaweed
salad.

Faulty analyses, restructurings within the department, dismissals, high workload, demotivated staff, uncertainty. Like an allegory flues and colds lie over the whole department.

'Away!'. Binetta tries to blow away the next heavy cloud. 'So much work', says the despair. 'We will make you tied and wear you down. We are heavyweights and we are many.' 'Glass light, unrivalled fight'. It is a glass code which anticipates another languages' reality of life and contains various meanings. To suggest the relaxed approach of life other countries represent, is one of it. 'Are the next steps fearful? – Cheerful!' The next black cloud which threatens to surround her becomes one shade lighter. 'It is not only much, it is very much work – and I can manage it', says Binetta to the despair. Her working day is over, the work goes on.

There are no signs of spring. The winter with images of wrecking balls still remains in the air. Although the cold did not quite disappear the spring's sunshine is already so warm that a positive mood awakes. A'nah is about to fall in love. A 20 degree love. Pleasant, easy-care and low-risk. Feelings as transparent as glass.

Glass is no gold that likes to shine
Glass is transparency that defines
Glass gives light to every facility
Glass is distantness which contains proximity

Kapitel 3

Broker, Investmentbanker, gutaussehend. Hedgefonds, gern gesehen. Glastürenklarheit entwirft den Regelwald aus Compliance Vorschriften, entzerrt die angespannte Wettbewerbssituation im Karrierefluss. Matthieu trägt nur Hemden mit zehn weißen und einem schwarzen Knopf.

„Aufregende Zeiten mit erweiterten Regeln laufen wie Wassertropfen am Sonnenbewusstsein herunter." - Ariana feilt an einem Fragmenteübersetzungsgerät, das bizarre Wortformationen in Trinkgefäße und Fahrzeuge umsetzt. Ein Auftrag aus der Industrie, den Ariana mit ihrem Glasölkäfer nicht umsetzen konnte, da er beim letzten Glasanflug explodiert war. Eine Glaswelt mit zu heftigen Gefühlen, die sich auch durch einen mehrstündigen Glasschwebeflug nicht eindämmen ließen, sprengten das Glas mit Hitze- und Gewaltwellen. Die Scherben folgten dem Ruf eines Glaslampendirektors und machten sich auf den Weg nach Aspirantien, einem Land, das panzerglashart seine Ziele verfolgt.

Ariana trifft sich mit A'nah zum Mittagessen in einem Pub in der Fleet Street in London. Beide arbeiten für ein globales Zukunftsmagazin, dessen nächste Produktion sie bereits detailliert besprochen haben. „Wir brauchen noch einen 20zeiligen Artikel", sagte Ariana. „Ein Artikel über das neue Think Tank Glasgebäude mit seinen ausufernden bunten Glaskuppeln, die wie Eiscremekugeln aussehen, wäre eine Möglichkeit.", sagte A'nah. „Eine doppelglasige Tanzfläche, die in der Mittagspause genutzt werden kann, gibt jede fünfte Minute eine andere Emotion aus der Gefühlspallette Freude, Inspiration, Kraft, Vergessen oder Innovation ab. Wenn man einen Zyklus komplett abgeschlossen hat, ist man so positiv aufgeladen, dass man seine nachfolgende Arbeit in einem Drittel der Zeit schafft." „Klingt gut. Oder wir schreiben über den Nachrichtensender Allegoria Allegria, der gerade über einige sehr interessante Glascodes berichtet hat. Alternativ haben wir auch noch einige Interviews unserer Redakteure, die wir veröffentlichen könnten." „Ich habe übrigens gestern einen gläsernen Artikelverschlucker" erfunden", sagt Ariana. Man wirft die Worte des Artikels in die Trichtermündung eines Reagenzglases. Diese verarbeitet sie mittels eines Glascodes und wandelt sie in ein Gedankenfeld um, das den Empfänger telepathisch in drei Sekunden über den gesamten Inhalt des Magazins informiert. Dies ist ein Service, den wir unseren Lesern künftig anbieten können." „Die Wirtschaft hat bestimmt auch Interesse an Deiner neuen Erfindung. Wenn die Emails auf diese Weise von den Managern fast schon inhaliert würden, könnten sie ihre Arbeitszeit drastisch verkürzen. - Bei gleichbleibender Qualität der Informationsübertragung und -verarbeitung,", fügt sie ein wenig ironisch lächelnd hinzu. „Ich werde den 20zeiligen Artikel über Deinen Artikelverschlucker schreiben, er wird die Zukunft beeinflussen. Meriam hat mir übrigens gestern einen Glascode gegeben, der sich in einer

Jugendstillaterne der Pariser Metrostation Grand Palais befindet. Um ihn zu aktivieren, hat sie mir eine gelbatmende Glasstruktur mitgegeben, die wir mit dem Buchstaben „GG" und „LG" ansprechen sollen. Sie bezeichnete sie als eine erotisch-politische Annäherung an ein Gesetz, das es nie gegeben hatte. Wagen wir das Experiment?"

Chapter 3

Brokers, investment bankers, good- looking. Hedgefonds, more than welcome. Glass door clarity entangles the rule forest made of compliance regulations, rectifies the tense competitive situation in the career river. Matthieu wears only shirts with ten white and one black button.

'Exciting times with extended rules run like water drops down the sunshine consciousness. – Ariana improves her fragments translation tool, which translates weird word formations in drinking vessels and vehicles. An order placed by the industry. Ariana could not execute it with the glassy oil beetle as it exploded during the last glass approach. A glass world with too strong feelings which even could not be reduced via a glass hover flight detonated the glass with waves of heat and violence. The shards answered the call of a glass light director. They hit the road to Aspirantien which is a country that pursues its objectives hard like bulletproof glass.

Ariana meets A'nah for lunch in a pub in the Fleet Street in London. Both are working for a global future magazine. They have already discussed the next production in detail. 'We are still requiring a twenty-line article', said Ariana. 'One possibility is an article about the new think tank glass building with its widely extended coloured sky domes which look like scoops.' said A'nah. 'One in five minutes a double glass dance floor, which can be used during lunch time, delivers the emotions joy, inspiration, power, forgetting or innovation. Having completed one cycle you are so positively charged that you can finish your subsequent work within one third of the time.' Sounds great.' 'Or we write an article about the news channel Allegoria Allegria, which has just reported on some very interesting class codes. Alternatively we also might publish one of our journalists' interviews.' 'Incidentially, I invented a glassy article swallower yesterday', said Ariana. 'You can throw the words of this article into the estuary of a test tube. Via a glass encrypt it changes it into a thought field which telepathically informs the addressee about the whole content of the magazine within three seconds. This is a service we can offer to our readers in the future, too.'

'The economy will also be interested in your new invention. If the emails are nearly inhaled by the managers this way they could dramatically reduce their working time. – At a constant level of quality with respect to information transfer and processing', she adds and smiles slightly ironically'. 'I will write the 20-line article about

your article swallower, it will influence the future.
By the way, Meriam gave me a glass code yesterday,
which can be found in an art nouveau lantern in the
metro station Grand Palais in Paris. It contains a yellow
breathing glass structure that we should address with the
letters 'GG' and 'LG' to activate it. She defined it as an
erotic rapprochement to a law which had never existed.
Will we dare that experiment?'

Kapitel 4

Experiment eines Rosenstengels: Er kauft ein
Paragrafenzeichen. Seine sanften Fingerspitzen streichen
flüchtig über die Rundungen des Paragraphenzeichens und
liebkosen sie dann ausführlich. „Wie heißt Du?" fragte der
Rosenstengel. „Ich bin das Gesetz zur Verhütung der
Langeweile", antwortet es. „Ich verführe Standardgesetze,
gebäre neue Vorschriften und lade alte und neue Gesetze
ein, sich lustvoll zu vereinigen. In manchen Ländern ist
mein Aufenthalt kurz und schmerzvoll, in anderen Ländern
arbeite ich gerne und habe vielseitige Aufgaben.

Binetta brütet über einem chinesischen
Schriftzeichenpuzzle, während sie einen Mondkuchen isst.
Das richtige Zusammensetzen erinnert sie an ihren neuen
Auftrag. In den vergangenen zwei Tagen hat sie so viele
Informationen bekommen, die sie richtig zusammenfügen
muss. Falsche Fakten versperren ihren Weg. Giftige

Schlangen und hackende Krähen säumen ihren Weg.
Binetta ist Abenteurerin. Ihr Gepäck, die flachen Schuhen
verraten sie. Fast ist sie ungeschminkt. Ihr Äußeres ist
wohl gewählt. Sie hat bewiesen, dass Sie überall
überleben kann, wenn sie sich dazu entscheidet. Wissend,
dass sie sich auf sich selbst verlassen kann. Binetta
fasziniert es, neue Glaswelten zu schaffen. „Durchsicht
statt Aufsicht, Glaslicht statt Dickicht." Fast klingt es wie
ein Aufruf zur Revolution. Radikale legt sie spielerisch mit
dem einen oder anderen Schriftzeichen zusammen und
schaut, ob sie eine neue Wortschöpfung bilden. Was ist
Arbeit, was ist Spiel? Gedankenspiele wechseln mit
reformierten Erfahrungen ihren Platz. Im
Informationsdschungel ebnen Euleneigenschaften neuen
Prozessen ihre Bahn. Zeit für eine neue Zeit. Aus Glas.

Glas ist kein Gold, das gerne glänzt
Glas ist Transparenz, die abgrenzt.
Glas ist es, das den Raum erhellt
Glas, das ist Weite, die Nähe enthält.

Es ist Frühling.

Regenarm und warm. Fotos charismatischer Brokerikonen
teilen den Platz mit den Informationen der Wallstreet in
A'nahs multifunktionaler Tanzglasuhr, die ihr der Broker
schenkt. Zeitlose Freude bei der Synchronisierung ihrer
Gedanken mit ihm. Intuition ersetzt Worte, rasend
schnelle Metaphern ohne Glaswandschutz ermöglichen

tiefste Einblicke. Matthieu weiß um die Liebe seines
Freundes zu A'nah.

Chapter 4

Experiment of a rose stem: He bought a paragraph. His
fingertips touch the rounds of his paragraph briefly and
softly and caress them extensively then. 'What is your
name?' asks the rose stem.' I am the law to prevent
boredom', answers the paragraph. 'I seduce standard
laws, give birth to new regulations and invite old and new
laws to unit lustfully. In some countries my stay is short
and painful, in other countries I enjoy my work and I have
various tasks.'

Binetta broods over a Chinese characters puzzle while she
is eating a moon cake. The correct composition reminds
her of her new customer order. In the past two days she
received so much information she had to merge. Wrong
facts are blocking her way. Poisonous snakes and picking
crows line her way. Binetta is an adventuress. Her
baggage, her flat shoes express this. She nearly does not
use any make-up. She carefully chooses her outward
appearance. She has proven that she can survive nearly
everywhere if she decides to. As she knows that she can
rely on herself.

Binetta is fascinated by creating new glass worlds.

'Transparency instead of growth control, glass light instead of undergrowth.' It sounds nearly like a call for revolution. She places Chinese radicals next to the one or other character and reflects whether they may form a new word creation. What is work and what is game? Thought games change their place with reformed experiences. In the information jungle owl attributes pioneer new processes. Time for a new time. Made of glass.

Glass is no gold that likes to shine
Glass is transparency that defines
Glass gives light to every facility
Glass is distantness which contains proximity

It is spring.

Less rain, warm gain. Photos of charismatic broker icons share their place with Wall Street information in A'nahs multifunctional dance glass clock which the broker gave her as a present. Joy while synchronizing her thoughts with him. Intuition substitutes words, incredibly quick metaphors without glass wall protection enable deepest insides. Matthieu knows about his friend's love to A'nah.

Kapitel 5

Binettas hat noch zwei Tage Zeit bis zu ihrem nächsten Auftrag. Der Frieden und die Zufriedenheit, die sie nur empfindet, wenn sie einen kreativen Auftrag ausführt, stimmen sie sanft. Sie liebt die rollenden Geräusche ihrer gezackten, hartendigen Wortgebilde, die sie so gerne schafft. Sie schwelgt in sonnendurchtränkten, knallbunten Gedankenbädern, aus denen neue Codes zusammenfließen. Wunderschön, aus Glas.

Glas ist kein Gold, das gerne glänzt
Glas ist Transparenz, die abgrenzt.
Glas ist es, das den Raum erhellt
Glas, das ist Weite, die Nähe enthält.

Leichtigkeit durchdringt die Tage. Mühelosigkeit ist ihre Waage, sie ist die Frucht ihrer Freude.

Chamäleons in gut sitzenden Hosen und perfekt vorbereiteten Gehirnen brennen darauf, sich der neuen Arbeitsumgebung im fremden Land optimal anzupassen und ihre Aufträge auszuführen. Motiviert, politerfahren und hochinteressiert am Leben, fällt es ihnen leicht, ihre Mitarbeiter im weltoffenen Deutschland zu führen.

Bei Wirtschaftstagungen in Düsseldorf wechseln sich politische Statements mit umwerbenden, stimmungsvollen und vielversprechenden Gesprächen ab. ine Brandingpsychologie, die lebenslange Liebe subtil und dauerhaft entstehen lässt. Unwiderstehlich. Wer ist schon daran interessiert, sich dagegen zu wehren? Es fühlt sich paradiesisch an, wenn sich Wunschvorstellungen und Wirklichkeit in einem Ziel zu vereinen scheinen.

Binetta kennt die Rolle noch nicht ganz, die ihr ihr neuer Auftrag verschafft. Sie hat von einer sprachlich anspruchsvollen Aufgabe jahrelang geträumt. Die Aufregung und Vorfreude, die diese Situation mit sich bringt, garantiert ihrem neuen Auftraggeber ihre ungeteilte Aufmerksamkeit, die sie ihm auch nach Feierabend nicht entziehen möchte. Sie jongliert mit Glascodes, historischen, hypen, hybriden, hyperkomplizierten – sie passen immer zu ihren sprachlichen Problemstellungen. Weil ihre Glasanflüge mit den Glasanflügen ihres Kunden identisch ist.

Glück.

„Das war aber ein langes Experiment", sagte Ariana. „Ich werde eine Nachtschicht einlegen müssen, aber das war es wert." Der Nachrichtensender Allegoria Allegria sendet einen Bericht über einen Freiheitsglascode, der mit drei Buchstaben Vertrauen schafft.

Chapter 5

Binetta has left two days until her next customer order starts. The peace and the satisfaction which she only feels while performing a creative order gets her in a soft mood. She loves the rolling sounds of her jagged, hard ending word formations she prefers to create. She indulges in sun soaked, brightly coloured thought baths of which new codes flow together. Wonderful. Made of glass.

Glass is no gold that likes to shine
Glass is transparency that defines
Glass gives light to every facility
Glass is distantness which contains proximity

Lightness shines through the day. Easiness is its measure of weigh. It is its fruit of joy.

Chameleons in good fitting pairs of trousers and perfectly prepared brains are burning to adjust to the new working environment in an optimal way. Motivated, experienced in politics and highly interested in life they easily guide their employees in cosmopolitan Germany.

At economic conferences in Dusseldorf statements alternate with wooing, moody and promising conversations. A branding philosophy that creates lifelong love in a subtle and permanent way. Irresistible. Who is interested in resisting? It feels like heaven when wishful thinking and reality appear to unite in one goal.

Binetta does not yet know the role her new customer order is providing her with. Many years she dreamed of a challenging linguistic task. The excitement and cheerful anticipation this situation creates grant her new employer her undivided attention which she does not want to detract from him even after her working day is ended. She juggles with glass codes, historical, trendy, hybrid, hyper complicated ones – they all fit to the linguistic tasks she has to solve. As her glass flights match with her customer's glass flights.

Luck.

'This was a long experiment', said Ariana. 'I will have to work day and night but it was worth it.' The news channel Allegoria Allegria broadcasts a report about a freedom glass code which creates trust with three letters.

Kapitel 6

Schaffe das Glück, das sich in einen neuen Zyklus ziehen lässt. Tanze, einen neuen Tanz. Verführe das Glück, erneut bei Dir zu bleiben. Lade es ein, in der Note eines Tanzliedes länger zu verweilen als beabsichtigt und einen angekündigten Abendveranstaltungsrahmen einfach wegzulassen. Grenzenlosigkeit, wie aus Glas.
Glas ist kein Gold, das gerne glänzt
Glas ist Transparenz, die abgrenzt.
Glas ist es, das den Raum erhellt
Glas, das ist Weite, die Nähe enthält.

Langsam setzt sich Nicolas auf einen Schemel. Lustvoll analysiert er die neuen Zahlen, die er gerade über den

Newsticker von Allegoria Allegria erhalten hat. Sein rabenschwarzer Humor swingt. Die Aluminumpreise sinken leicht. Nicolas beschließt, größere Mengen zu kaufen. Aluminiumweiche, leichte Sonnenskulpturen leuchten in der Dunkelheit. Als Glascodestipendiat wohnt er in einem Glascode, der ihn durch eine besonders farbene Tonlage in eine radierfähige Glaswelt versetzt. Seine Gedanken, seine Worte, seine Handlungen können mühelos revidiert werden. Eine Studienumgebung, in der er folgenlos Zahlenexperimenten und Produktentwicklungen Raum geben und Investmentgeschäfte tätigen kann.

Nicolas trifft sich mit Ariana und A'nah in einem Café in der Nähe der Metrostation Temple in London. Während sie zum Tee Vanillepudding mit Erdbeeren nach einem alten Rezept der Eaton University essen, sprechen sie über ihr neues Projekt. „Ich habe Euch eine Animation mitgebracht", sagt A'nah und packt ihr elektronisches Gerät aus.

Vielfältige Glascodekugeln rollen flimmernd durch den Raum. Sie wecken eine ideengebende, mandarinenfruchtfleischfarbene Atmosphäre. Im parkähnlichen Garten wird die Abschlussfeier der Barrister vorbereitet. Spontaner Gedankenaustausch mit international tätigen Mentoren und hierarchieunabhängige Gesprächskonstellationen werden den Abend prägen.

Glasblasen zerplatzen in A'nahs Gedankengarten und lösen sich auf. Ein Schwimmbad im Wald an einem heißen Spätsommerabend öffnet den Raum für glitzernde Wasserwelten, die in der Wirklichkeit der Wirtschaft versunken sind.

Ariana, A'nah und Nicolas planen systematisch. Es ist nicht notwendig, dass sie ihre Projektdetails kodieren. Sie leben in einer Glaswelt, die ihre Geheimnisse bewahrt.

Chapter 6

Create the luck that can be drawn into a new cycle. Dance a new dance. Seduce the luck to stay with you again. Invite it to remain in the note of a dance song longer than intended and to simply leave out an evening event without the announced frame. Limitlessness. Like glass.

Glass is no gold that likes to shine
Glass is transparency that defines
Glass gives light to every facility
Glass is distantness which contains proximity

Nicolas slowly sits down on a footstool. Lustfully he analyses the figures which he has just received via Allegoria Allegria's newsticker. His raven coloured humor swings. The aluminium prices are slightly sinking. Nicolas decides to buy a greater quantity. Light sun sculptures made of aluminium are luminating in the dark. As a glass code scholar he lives in a glass code which positions him in an erasable glass world via a special coloured pitch. His thoughts, his words, his actions – everything can easily be revised. A study environment which provides room for experiments with figures and investment transactions without consequences.

Nicolas meets Ariana und A'nah in a cafe next to the tube station Temple in London. They are talking about their new project while they are drinking tea and eating vanilla pudding with strawberries, an old recipe of the Eaton University. 'This is my new animation', A'nah says and unpacks her electronic gadget.

Manyfold glass code bullets roll flimmering through the room. They are creating an idea providing atmosphere coloured like mandarin pulp. In the park-like garden they prepare the closing ceremonies of the barristers. Spontaneous exchange of ideas with internationally acting mentors and hierarchy- independent conversation constellations will dominate the evening.

Glass bubbles burst in A'nah's thought garden and disappear. A swimming pool in the forest opens the room for glittering water worlds which are sunk in the reality of the economy.

Ariana, A'nah and Nicolas are planning systematically. It is not necessary to encrypt their project details. They are living in a glass world which enshrines their secrets.

Kapitel 7

Bewahrt der Regentropfen, der auf das Glasdach des Nachrichtensenders fällt, die Geduld, bis zu einem der beiden Anfangsbuchstaben „A" zu rinnen? Allegoria Allegria. Eine Historie ohne Schatten prägt das Image des Senders. Informationen im empathisch- euphemistischen Stil zahlen ihren Tribut an diese Glaswelt und zerschlagen die Reste der Berichterstattung anderer Welten. Sie suggerieren nachgiebige Grenzen und bewähren sich durch die überdurchschnittliche Motivation und Leistung der Journalisten.

Ein Ölkäferschwarm fliegt in Binettas Traum. Sie löst gerade ein Marketingproblem ihres Kunden. Ekstatische Melodien ihrer Glasohrringe versetzen sie in eine Brainstorming-Stimmung. Die Lösung kracht in die Breaking News, wird zur Top Story und zum Video des Tages, das mit David Bowie's schwerem britischen Rocksong „Heroes" („Just for one day") unterlegt ist. Der Kunde lacht, als er Binettas originelle Präsentation sieht. Allegoria Allegria berichtet über die Auflösung der Marketingabteilung des Kunden, den Rekordflug der Firmenaktie und ist selbst Bestandteil der Nachricht. Ein

Glücksfall, gewichtig wie ein Nilpferd. Schillernd und aus Glas.

Glas ist kein Gold, das gerne glänzt
Glas ist Transparenz, die abgrenzt.
Glas ist es, das den Raum erhellt
Glas, das ist Weite, die Nähe enthält.

Freude.

Der Traum eines Wasserglases verengt sich zwischen zwei Zwetschgengläserträumen, die sich einander nähern, um sich zu lieben. Er verhindert den Raum, in dem sich Gedanken gläsern manifestieren könnten und löst sich auf. In ein Wasserglas, das auf einer gläsernen Plattform steht.

Chapter 7

Will the raindrop which falls on the glass roof of the news channel have the patience to run down to one of the two initial letters 'A'? Allegoria Allegria. A history without shadows shapes the image of the television channel. Information in an empathetic-euphemistic style pay the price for this glass world and destroy reporting rests of other worlds. They suggest flexible borders and prove themselves in practice by the journalist's motivation and a performance which is above-average.

A flock of oil beetles flies into Binetta's dream. She is in the process of solving the marketing problem of her customer. Ecstatic melodies of her glass earrings put her into a brainstorming mood. The solution crashes down into the Breaking News, turns itself into the top story and video of the day which is presented with David Bowie's heavy British rock song 'Heroes' ('Just for one day'). The customer laughs when he sees Binetta's original presentation. Allegoria Allegria reports about the dissolution of the marketing department, the record flight of the company's share and is part of the news. A serendipity, weighty like a hippopotamus. Shimmering and made of glass.

Glass is no gold that likes to shine
Glass is transparency that defines
Glass gives light to every facility
Glass is distantness which contains proximity

Joy.

The dream of a water glass narrows between two plum glass dreams which meet each other to make love. It prevents the room in which thoughts might manifest crystalline and dissolves. Into a water glass which stands on a glassy platform.

Diese Seite ist für Ihre freien Assoziationen

This page is for your free associations

Dolmetsch- und Übersetzungsdienst
Marion Wolters
Geprüfte Dolmetscherin Englisch

+++ Wirtschaft +++ Politik +++ Medien
+++ Energie +++ Literatur +++

Herstellung und Verlag:
BoD - Books on Demand, Norderstedt
ISBN 978-3-7460-5029-4